南向

南向

권명옥 시집

열화당

메마른 자서(自序)

친구(들)의 여러 차례 권유도 있던 차에 '현실적인 필요성' 까지
겹치고 보니 나도 시집이라는 것을 상재하게 되었다. 사실 시집
같지 않은 시집들의 범람으로 얼마나 막심한 출판물 공해가
야기되는 시대에 우리는 사는가. 그래서 부끄럽고 송구하다.
친구(들)는 한 시기의 정리, 고리 끊기를 권한다. 그것이 새 시기
를 담보하는 계기가 되리라는 뜻일 터이다. 등단 삼십 년을 넘겨
첫 시집을 상재하는 자의 심리는 관중 대부분이 자리를 뜬 스타
디움에 뒤늦게 들어서는 마라토너의 그것과 흡사하다고 말하겠
다. 굳이 의미부여를 한다면 이것(시집 상재)이 달리기를 포기하
지 않았다는 것, 그리고 포기하지 않겠다는 의미일 수도 있다는
점일 것이다. 앞으로 최선을 다해 습작에 전념하겠다. 시집 상재
를 계기로 하는 내 다짐에는 평소 아껴주고 또한 등단을 이끌어
주신 박목월(朴木月), 박남수(朴南秀) 두 은사에 대한 서원(誓願)
같은 것도 들어 있다.

  내년 초에 내려고 계획한 시집은 팔십여 편을 수록하는 것이
었다. 여기에는 이번에 찾아내지 못한 작품들과 최근의 습작 작

품들 모두가 포함되는 것이지만, 결과적으로 그렇게 되지 못한 점이 못내 아쉽다. 「梧柳洞·1」「梧柳洞·2」「梧柳洞·3」은 등 단작품이고, 「강가에서」「南向·1」「南向·2」「南向·4」 등은 『현대문학』지에, 「十字잠註」 등이 『현대시학』지에, 그리고 「風景」 등 이 시집 대부분의 작품들이 『심상(心象)』지에 각각 발표된 것들이다.

　대학 입학 직후 학보에 발표했던 「저녁 종소리」(고등학교 때의 유일한 작품)와 「스냅」(『한국일보』 '아침 시단')을 비롯해 「강릉천주교회의 물」「날인」「방지거 선물 가게」「蓮波누님」 1·2, 「흰 꽃에 대하여」 1·2 등 일련의 발표 작품들을 끝내 찾아내지 못한 것은 내게는 특별한 아쉬움이 된다.

　2004년 12월
　저자

南向·차례

제2부

제3부

제1부

배론

聖地 배론은

여름 저녁 나절 감나무 서늘한 그늘 아래 앉으신

이제 스물을 갓 넘긴 애띤 슬픈 여인

무릎에

壯年한 늙은 아들의 屍身을 안아 누이시고 하염없이 또

사(赦)하시다.

宇宙葬 副葬品目

봄밤 개구리
깨우는

골롬바노네 안방 불빛

梧柳洞 · 1

잠 깨는 이의 귀 가까이 주일 아침은

놀람의 종을 쳐울리어

울리어

나사로야,

나사로야,

나사로야,

숨어서 부른 이*는

숨고

세상은 흰 눈에

흰 잠이 들어

나 홀로 깨어 고향의 아버님께 긴 편지를

쓴다.

---

* 이사야 45:15 (숨어 계신 하나님)

梧柳洞 · 2

가을 날 새 집 짓는 사람들의

웃음소리와

산에서 내리는 새 소리 사이 시든 풀밭에

내 하루를 팔베개해 눕히면

가령, 눈에 밟히는

강릉천주교회 뒤 팔린 옛집 뜰 안의

포도나무

어제오늘 낮달 가까이 내어 준 내 공복의 기침소리

들린다는

내 아버지의 아픔에 고이는

넝쿨이여,

눈에 밟히는

강릉천주교회 뒤 팔린 옛집 뜰 안의

포도나무를 재우려고

가을날 새 집 짓는 사람들의

웃음소리와

산에서 내리는 새 소리 사이 저문 풀밭에

내 하루를 팔베개해 눕히면

梧柳洞 · 3
— Karl Barth에게

첫눈 온 이 아침 바울이 보낸 편지를 읽으며
아, 내가 그를 저버렸음을, 저버렸음을.
내 半生의 하루 하루는
간밤 내 서걱거린 댓잎 같은 푸른 뉘우침에 찔리고
찔려
어딘가, 外燈 밝힌 어둠 속
한 조각 넝마로 뒹굴고
뒹굴고
뒹굴다가 첫눈 온 이 아침 햇빛에 깨어서도
내 눈에 바람 안은 대밭소리를 내며 내린다.
내가 혹은 모짜르트를 들으며
칼 바르트, 당신의 이승의 아침에 깨어날라치면
바람 잔 대밭
첫눈의 흰빛이 속삭이는 아버지의 말씀,
나는 한 번씩
門안 쪽에서 날아오는 물까치 두세 마리에도
한눈을 판다.

강가에서

하릴없이 물
흘리는 세월,
물 흘리는 물 가 모래톱에 또 어지러이 발자국
흘리는 세월을
내 몰라라, 몰라라
이 빠진 바람은 왜 갈대와 갈대 사이
해를 지우며
거짓되이 내 이 세상에 판 눈물을
고향의 아버지께 이르나뇨,
이르나뇨
흙 다 안 된
아픔 알록알록 丹靑 입힌 절 한 채 되어
물에 빠진다

朴南秀 생각 · 1

내 꿈 꾼 말씀
오난*처럼 홀로이 야윔이어,
서울에는 老人 한 분이 살지 않아라.
해 아래
내내 절하지 않는 날 !

---

*오난의 泄精, 창세기 38

朴南秀 생각 · 2

거 누구요,
거 누구요,
거 누구요,
혼자 변방에 깨어 별
밟는 이

따엔 盞 찬 어둠,
어디서 새벽 닭이 우는 듯
우는
호루루기 한 마리

푸르름
── 朴南秀 생각 · 3

오늘이 또 어느날이노라면,

어느 눈 그치는 이 저녁이
會賢洞 고갯길 따라 오르며
지금은 가고 없는 노인을 생각하잔다.

그인 안 보이고
다만 飛行雲 같은 어제 간 길 소리
푸른 푸름이 되어 드널리 널리지 않냐고,

이 세상의
어떤 길은 발길 한 번 쏘이면
푸르름이 되노라고,

눈발 그치는
어느 雪晴 날 이 저녁이
會賢洞 샛길 따라 오르며
지금은 가고 없는 노인을 생각하잔다.

양지쪽

양지쪽은 언제나 바늘을 든
내 꿈 같은 신기료 영감
그가 그늘에 놓아기른다는 약대랑 나는
언제나 그만치 푸르름이 되어 놀곤 하였다.

짙푸른 요단江이 그의 손가락질 끝에 남실거린
언덕바지,
내 어머니의 身恙의 나날들이 잔 물결을 이루어
따라나서는
어느 날 센 물살에 흰 허벅지살 흘린
내 어머니의 音痴의
계절

그 영감텡이가 醫人이라고,
聖누가라고
듣는 오늘은
그 새 약대 새끼 여러 마리 걸리운다는
내 잠이 이만치 푸르게 자라다가는 닫히었다.

흑염소

새로 이사한 瀝靑工場 뒤
돌山 기슭,
그 무렵은 언제나 문 밖에 누가
찾아 온 것 같았다.

해 안 드는 구유 같은 문간방에서
웃목 사람은 몸을
푼다고,

혹시나 하고 나가 보면
그때마다 누가 해울림 속으로 흑염소 여러 마리를 앞세우고
가곤 하였다

저녁 놀 속으로 속으로 하염없이
걸어 들어가고 있었다

별자리

夜學이 끝나고 집에 올 때면
도마神父는 등불을 들고 자갈 깔린 오솔길
한참 바래어 주곤 하였다
오난이가 절룸거리며 걸음을 뗄 때마다
그애 어깨 너머로는
다시 숨었다 숨었다 놀러나오고는 하는
별자리가 있었다.

물,
한 모금 물을
마시려고 銀河 가까이
긴 목을 뽑아나가는
늙은 말이
한 마리
聖골롬바노 성전 용마루 위에는 언제나
놀러나와 있었다

별자리 마중

거짓말같이 뭉게뭉게 흰꽃들 핀다는 따에
따라 와

……하루 해 하루 해
반짝 반짝 이슬 지우고
하릴없는 저녁이면 하염없이
醫人 골롬바노네 다락방 처마 밑에 놀러올
별자리 마중했나니,

音痴의 숱한
生涯들이 살다
떠난 노래
난간

거짓말같이 흰꽃들 뭉게뭉게 지는
따에 따라와

無題 · 1

강릉시 임당동 50번지 일대
골롬바노네 바깥우물
있던,
그 아랫골목
명주의원 골목을
나는 이 세상에서 가장 사랑합니다
移民을 가서도
꿈 나라에 가서도 사랑하려고
나는 하루에도 여러 번씩 사랑합니다
復活節
가까운,
白木蓮 화들짝 핀 저녁나절이면 내내
내내 사랑합니다
골목 안 어디쯤 蓮波누님이 숨어 목이 쉬어라
생전의 종이학들을 또 부르고 있는 것
같아섭니다

제2부

南向 · 1

한 해 가을날

마마의 聖歌의 音痴의 계단이 더욱 가파르게 旋回하던

잎 다 진 강릉천주교회 本堂 마당 가 감나무 아래서

감 열매 그늘로 햇빛 가리고

재운

잠이여 !

南向 · 2

南向
구유 같은 문간방 툇마루에
물 건너 本堂 개 짖는 소리랑 나랑
마마랑 마마의 어린 약대 한 마리 人줄로 가두고는 내 아버지
溟州 옛 따으로 나귀 타고 戶籍하러 가시는 날의
햇빛이여!

南向 · 3

오늘따라 골롬바노네
울타리 푸르름이 한참
가까웁다

人便은 와 닿지 않다

종일 門구멍 앞에 마마가
쪼그리고 앉아
기우는
音痴의
聖歌
小節들을

따라 기우다
자다
기우다
미사에 못 나간
몸 괴론 하루
……南向

南向 · 4

천사들이 내려와 번갈아 내 이마에
손을 얹을 때
한번씩 저희끼리 자리물림 눈웃음을 건넬 때
부끄러워
내 돌아누워
문풍지 우는 해 비낀 완자창에 자꾸 약대를
불러모을 때

이제도 물 건너오는 本堂 종소리 따라

마마가
江陵方言으로,
기도 드리는
동안

내 아직 어린 身羞과 다정했을
동안

南向 · 5

마당가에는 이른 모깃불이 타는 한여름 저녁이다. 삶은 피감자가 담긴 함지박을 가운데 두고 멍석 위에 食口들이 아이들과 아낙들뿐이 그렇게 빙 둘러앉았다. 저녁 끼니때인 모양이다. 저마다 삶은 피감자 한 개씩을 집어들고 골몰히 껍질을 벗기고 있는 시늉들이다. 누구하나 말이라곤 없다. 하늘 푸르름 한가운데로는 滿洲ㄴ가 어디로 간다는 흰 飛行雲 소릿길이 마저마저 풀리는 중 자세히 보니 夕陽 어둑눈이에 아낙들 무너지는 앞산바라기가 한창이다.

―마을에 누가 또 넘어갔다는 소식이 든 것이다.

약 또는 藥

약은

마마의 육십 평생으로는 가도 가도 닿지 않는다는 깊은
산 속

또는

세월의 끝
가장자리
시효
끝난 아크릴
불빛

桃花 봄날

비가
와 못간다

죽고 석삼년 지나 당도한 누님 전갈이 桃花 봄날 저녁 적조해
왔네 한마디 던지고는 아무 일 없다는 듯 온 길 따라 돌아갑니다
돌아갑니다 요들의 傷한 꼬리 떼어놓고 돌아갑니다

배론 땅

韓何雲과

金宗三

두 사람의 봄밤 情談이 한창이다

두 사람의 情談은 이날 따라 먹개구리 요란한 울음소리에 자꾸
지워지고 있었다 찍찍거렸다 짤리고 있었다 어느 카스트라토의
마지막 레코딩은 몹시 목이 쉬었다.

흰 나비

人便이 사라져갔던
곳

미리 온 어둠의 자취 같기만 한 흑염소 여러 마리 모여들어
이따금씩 몸가짐 고쳐가며
옮겨 앉을
뿐

반드시 오시리라는 나귀 탄 木姓 가진 老人을 기다린다는 마마의
즐거운 마중길의
해거름녘

오늘도 木姓 가진 노인은 오지 않으나
이 길 어디쯤 그분을 실었겠으므로
이제 곧
길소리가 울리리라고,

손으로 길을 쓰는 마마의 등

너머로는

타는 노을

또 한번 흰 나비떼가 일제히 날아올랐다

해울림
—반 고흐의 黃色

누가
曠野로 나아와 꿇어
절하며
따의 울음을 해에
매더니

해에게서 되돌아오는
따의 울음을
또 누가 거두어
曠野로

나아가니라.

반 고흐 있는 그림

鑛夫들의 곤비한 잠이
밤낮으로
地上에 눈을 부르던,

고흐의 볼리나아쥬의
섣달 그믐께
또는

내 꿈
태백시 장성읍 호암동 山번지 일대
제칠일안식교회 鐘樓
뒤켠

한 달에 한두 번
밤에 머리에 눈을 쓰고 촛불 켜 들고 訪問하던
娼女 劉子
말고는 편지도
없던,

온 밤내 그분은

신들메를 했다는 이를

뒤쫓다

혼자 깨어난 아침이면

아침마다

거짓말같이 신들메를 한 鑛夫들이

마당 안 내 방문 앞 까지

달려들어 한 번씩

마당에 쌓인 눈을 밟아대고

가곤 했다.

반 고흐의

自畵像

품고 낮잠

들던,

해가 떠도 눈이

내리던

「약」 · 2

임당동 방지거네 聖物가게 유리창 밖으로
마음의 준비도 없이
한 해 첫눈을 본다
펑 펑 쏟아져 내리는 첫눈이다
골목 안에는
그 동안 잊고 지냈다는 듯이
이제야 생각이 났다는 듯이
「약」과
「약」이 서둘러 내 걸리고 있다.
펑 펑 쏟아져 내리는
눈발 사이 사이
「약」이 보내오는 겸연쩍은 윙크를
역시 마음의 준비도 없이
바라본다.

며칠 후

「약」은
저녁녘 눈더미 쌓인 내 영혼의
골목 끝에
불현듯

내 걸리는
아크릴의
씨그널 !

비가 와서 못 간다
던,
그리고는

며칠 후

더는 자라나지도 아니한 네가
傷한 요들 쏭의
꼬리처럼 절며 혼자서

언덕을
넘는

우는
하루

古宮에 와서

빈 하늘을 궁궁궁궁 궁궁궁궁 울리는

안 보이는 비행기

한 대

빈 하늘을 궁궁궁궁 궁궁궁궁 울리며

지나가는겐지,

지나가는겐지,

궁궁궁궁 궁궁궁궁

울리는 봄날에

땅에서는 숨는 흰꽃

하나를

본다

    지금누가누구를죽여요누가누구를죽여요

    누가누구를죽여요누가누구를죽여요

속삭이는 숨는 흰꽃

하나를.

웃는겐지,

웃는겐지,

살며시 지는

흰꽃,

흰꽃이

하나 꿈같이

虛構가 되는 것을

본다

안 보이는 비행기

빈 하늘을 宮宮宮宮 宮宮宮宮

울리는

봄날에

봄 春川

서울에서 뭉쳐 던진 돌
光化門에서 뭉쳐 던진 돌
친구와 숨어서 던진 돌이
하늘에 심은 돌이
종달이 되어
새끼 종달이 되어
따라 와
노오랗게 개나리꽃 두른 춘천시 효자동 166번지
나 홀로 재운 어지로운
봄잠 가에
퐁당!
퐁당!
퐁당!
간지럽게 빠진다

無題 · 2

나는 평소에도 聖歌의 높은 音階로만 타고 오르는 음치
이다. 요즘은 일부러도 자주 王음치가 되곤 한다

音階 난간에 기대어
숨을 몰아 쉴 때면
간혹

임당동 제칠일안식교회 골목 안
유두화 만발한 어느 女信徒집 마당에는
사람들에 둘러싸인 蓮波누님이 흰 치아를 가즈런히 드러낸
채 웃고 있는 광경이 잡히기도 하는 때문이다.

제3부

風景

초저녁 이 골목 안은 사람 그림자 하나 얼씬 않습니다 그나 저나, 집이라는 집이 어찌 다 강릉천주교회일 수가 있습니까 대문 기둥마다 볼록볼록 「강릉천주교ㅎ」의 흰 글씨가 또렷이 돋아나 보입니다 나는 「강릉천주교ㅎ」의 「회」字의 「ㅎ」만 대롱대롱 매달린 어둠에 키를 맞추고 서서 아버지, 아버지, 아버지, 아버지를 부릅니다 아무 대답이 없습니다 나는 또 다음 강릉천주교회로, 다음 강릉천주교회로, 다음 강릉천주교회로 가서 「강릉천주교ㅎ」의 「회」字의 「ㅎ」만 대롱대롱 매달린 어둠에 키를 맞춥니다 나는 또 아버지, 아버지, 아버지, 아버지를 부르고, 또 아버지를 부르고, 또 아버지를 부릅니다 아무 대답이 없습니다 나는 그렇게 아버지를 부르며 이 골목을 거의 다 지나옵니다 그런데, 또 집이라는 집이 다 강릉천주교회가 된 강릉천주교회라는 강릉천주교회가 또 어찌 다 엄동의 들판 감나무일 수가 있습니까 까마귀밥 감 하나 남겨두지 않은 엄동의 들판 까마득한 감나무일 수가 있습니까 나는 그만 혼절하여 땅에 주저앉습니다 아아, 그

런데 아무개야, 아무개야, 아무개야, 이 부르는 소리는
또 무엇입니까 나는 놀라서 하늘을 살핍니다 집이라는
집이 다 강릉천주교회가 된 강릉천주교회라는 강릉천
주교회가 다 감나무가 된 감나무라는 감나무가 다 떠
나가고 있읍니다 까마귀밥 감 하나 남겨두지 않은 엄
동설한 들판의 감나무 가지 까마득한 끝에 잠자氏처럼
매달려 아무개야, 아무개야, 아무개야, 부르는 아버지
가 風景을 데리고 風景째 떠나가고 있읍니다

이름 없는 봄

봄날 저녁답 내 혼령

몸 팔러

개나리 몇 그루 개나리로

피는

春川 가는 길 가

군인들 우굴거리는

길 가

분 바르고 새옷 입고

개나리 몇 그루 개나리로

지는

날(日)따라 사람들도

저무는

幕間 같은

땅에

분

지고

새옷 지고

입에는 새로 꺾은 쌍말 한 가치 물리고 홀로

저무는 산에

팔린다

군인들 우굴거리는

저무는

산에

古宮에 와

숲속 어디서는 누가 찰깍 찰깍 찍고 있는데 누가 몰래
몰래 따라와 찍고 있는데 날이 저무는데 흰꽃 흰꽃으
로 지고 있는데 宮 ! 宮 ! 宮 ! 宮 ! 지고 있는데 뒤돌아
보면 아무도 없고 아무도 없는데 아 누구, 누구에게 죽
었다오 누구, 누구에게 죽었다오 속삭이는 흰꽃들 지고
있는데 뒤돌아 보면 정말 아무도 없고 아무도 없는데
숲 속 어디서는 누가 찰깍찰깍찰깍 찍고 있는데 몰래
몰래 따라와 찍고 있는데 흰꽃들 흰꽃으로 宮 ! 宮 ! 宮 !
宮 ! 지고 있는데 날이 저무는데 뭉크의 소리 지르는
아이 같이 소리 지르는 저녁 놀 저혼자 저무는데

古宮에 또 와

글쎄 친구여, 어떤 낱말은
낮말이라고,
고궁이 아무리 고궁이라도
어떤 낱말은
열 번도
낮말이라고
흰꽃들 지는 날 흰꽃 하나 따라가는
눈에
흙을 뿌리는 새
새는
새인 그림 같은 새가
한 마리
고궁의 봄 丹靑 속으로 속으로 하염없이 들어가고 있다
글쎄, 누가 그린
그림 같은 새가
한 마리

아아, 하고 그만 일어나자

아아, 하고 그만 따라 저무는

봄

그리움에 뜬

그리움에 뜬

첫눈 오는 저녁나절이면 한두 발짝씩 다가서는
江陵 앞바다

五里섬처럼
十里섬처럼

둥 둥 그리움에
뜬

내 下宿은

내 下宿은
그 여름 저녁 강릉사람들이
師團이라 부른
강릉시 교동 183번지 일대
자고 나면 뜨락까지 물안개처럼
피어 번지던 개망초풀꽃
그 풀꽃더미에 가 請한
낮잠이기도 했지만

그 여름 저녁 강릉사람들이 또
철도관사라 부른
강릉시 교동 183번지 일대
관사 뒤편 민둥산 언덕에 올라 듣는
강릉여고생들의 '에덴의 東쪽'
그 트럼펫曲 실어나르는
바람결이기도
했지만

하지만 그 여름 저녁 내 진짜 下宿은
강릉시 금학동 觀音寺 뒤
줄장미 피운 연두색 대문의 劉子네 불빛
혹은
잎이 큰 담쟁이넝쿨에 싸인 劉子 방
빤히 보인
어느 처마 밑이었네.

劉子 방 불빛 바라기 세월
한번은 내 뒷머리를 아주 가차이서 때려
절반 昏絶시킨
觀音寺 큰 鍾소리
혹은
그때 시름시름 깨며 듣던 觀音寺의
풍경소리였네
그 여름
내 下宿은

그냥
―C에게

그냥
살다.

숨은
꽃

이 세상 어딘가의 어리디 어린 純潔처럼
부끄러움처럼

萬里 금 밖
江陵땅
나앉은 邊方의 겨울 해안의 잊히인 어지러운 잔 발자국마다에도
한 번씩 訪問했다 녹는
한 해 첫눈처럼

十字잠註

어려서 내 잠은 글자도
아니었다
唐草紋처럼 환상을 먹고 자랐다

낮달 뜬 娼街 마을
기웃거릴 때만 해도
아직 내 잠은 큰大字
일필휘지였더라고

미래의 추억은 캄캄
伏字, 혹은
혼자 어둠에 나앉은
아아 !

오늘도 낮닭이 우는
大學街를 지나며
새떼처럼 떠 하늘에 적히는
돌들을 보았나니

돌 다 저문

낯선 마을에 들어

十字로 내 잠

못박히다

앉은방이꽃

奇蹟의 絶頂
애틋함으로 차마 눈 뜰 수 없다는 듯이
주저앉고 말고만 싶다는 듯이
가까스로
앉은방이꽃 하나가
혼자
폈다.
南方限界線 바로 건넌기슭이다.
보라는 듯이,
세상에서 가장 먼 길이
세상에서 가장 가까운 길이라기나 하다는냥……
걔가 살았음 올개 쉰여섯이다
이런 못난소리도 또 세상에서 가장 크게 들리는 땅
寂寞
한복판에 !

난센스 · 2

서른의 늦가을에야 알아듣는 아버님의
귀띔.
중천의 풀물 든 해 가까이 내 서른의
기침을
내어 주며
마당 가 포도넝쿨의
끝물 포도나 딸라치면
내 서른의 살 등을 파고 드는 풀 이슬들이
아버지 !
아버지 !
아버지 !

가을의 테마

흰 팔뚝에 가방을 걸고 人形은
大門에 나와 있었네
저녁이 빈 나뭇가지등을 쓸며 있을 때
그대 金髮에 잠자는 밤바다
잊히인 달은 물 멀리 짤랑 짤랑
銀빛의 귀거리 半쯤 귀에 걸려 오고
쬐그만 木皮구두가
한 발짝 한 발짝 달빛 바다에 나서며
있었네
江 건너 늦鐘이 치는
지난 여름 내 탄 木箸의 노래는 살아
쓸쓸히 가지 끝 낙엽에 얹혀서
불고
내 戀歌는 그렇게 시작한 게 아녔네
女子는 아직 항상 떠나고 있는
햇살 둥둥대는 저 연두색의 洋傘 따위
입술 따위
우리는 그러나 만나고 있었네
外燈이 돌아와 불 밝히는 商店街에

비는 내리고

홀로 갈대 풀 헤쳐 온 휘파람 옛 어깨와

의논 끝에 우리는 사야 했었네

盞이랄까 노래를 따듯이 식혀 줄

파이프 두 개쯤

간밤女子가 스토브를 손질하는

간밤女子가 菊花盆을 날라가는

더 먼 窓마다

젖빛 램프는

지고

내가 한 살 때 떠난 飛行機*처럼 人形은

이 가을 저녁 답 外燈 속의 나를

찾지 못함을

確信의 眼鏡을 걸고 나는 電燈알

빛나는 食卓 가까이

새로 配達되는 海外 토픽들을

두어 뼘 日常의 손을 건네여

듣고 있었네.

---

* 생텍쥐페리의 마지막 비행기를 말함.

스산한 저녁 우리들이 꾸는 꿈

어느 꽃물 밝게 드는 아침나절 유월 언덕에 기대어
한때는
하시는 당당한 푸르름인 어머니는
끝없이 눈물 머금은 눈웃음을 지으리.
한때는
하시는 당당한 푸르름인 어머니는
그제도 우리들의 머리 속절없이 쓰다듬으며
오냐, 오냐, 내 새끼들 내 새끼들 하시리.
어느 꽃물 화안히 드는 아침나절 유월 언덕에 기대어 또다시
한때는
하시는 당당한 푸르름인 어머니의 좁臭에 퐁당퐁당 뛰어들어
우리는
해 종일 멱 감으며
엄마엄마엄마엄마
당당한 푸르름인 어머니의
옆구리를 가슴을 배를 어깨를
이쁜 두 주먹으로 마구 콩콩콩콩 콩콩콩콩 두들겨 패대면
한때는

하시는 당당한 푸르름인 어머니는 그제는

아야아야아야아야아야

마침내 눈웃음 깊이 감춘 世上에서 가장 밝은 눈물도

꺼내어 주리.

……꺼내어 주리.

自由도

순은 빛 純粹도 음험한 안개에 거듭 지워지던

아아, 어머니의 한때는

어머니의 꿈인 純潔 지켜드리지 못한

어린 우리들의 아린 아픔이던

아아, 어머니의 한때는

앓는 兵丁의 저녁

女子는쇼핑을떠났다눈이내린다

옛兵丁들은難解의木橋위를건는다건는다

愛人들은돌아갔다

隊列의머언한이팔軍歌의記憶으로나내가

한번씩빛나오기도한다

한번씩빛나오기도한다

떠나거라떠나거라스스로운늦鐘이운다

自動式쇠椅子곁에는흰저녁의꽃

흔들리는빈鳥籠을본다

견고한 정신과 배제의 미학

이건청(李健淸) 시인·한양대 교수

1.

요즘 같은 시의 홍수 속에서 권명옥(權命玉) 시인의 시를 만나게 되는 것은 기쁨이다. 시단 등단 만 삼십 년 만에 그 동안의 시 중에서 추려낸 사십여 편의 시만으로 한권의 시집을 묶어내기로 한, 그의 철저한 배제의 의식이 존경스럽기도 하다. 권명옥 시인은 1973년 시전문지로 창간되어 시단에 참신한 각성을 깨우쳐 준 『심상(心象)』지 신인상의 두번째 수상자이다.

그리고, 개인적인 인연을 밝히는 것이 쑥스러운 일이긴 하지만 나와는 대학 일학년이던 1961년 만나 오늘에 이르기까지 문학적 담론으로 밤을 지새우며 숱한 시간들을 공유해 온 지근 거리의 도반이면서, 대학 강단에서 그는 문학의 정통을 수호해 온 시학 교수이다.

허명을 좇아 염치도 체면도 쉽게 던져 버리는 시대에 소리 없이 제 길을 찾아 온 시인이 권명옥이다. 시에 대해서 가지는 이 시인의 무서우리만큼 철저한 금도, 견고한 정신을 지켜 가기 위한 철저한 배제 입장, 그런 것들은 더없이 소중한 것이 아닐 수 없다고 생각한다.

2.

권명옥은 엄격한 배제의 시인이다. 그의 언어는 극도로 절제되고 생략되어 있다. 그의 시가 강한 텐션/긴장을 지니는 것은 그런 이유에서이다. 권명옥의 배제는 부연이나 진술에 대한 극도의 혐오로 나타난다. 그가 시를 통해 표현하고자 하는 표현 의도들은 언어화의 단계에 이르기 전에 단련과 연마의 과정을 거쳐 이른바 '견고한 서정'이 되어 있다. 마치 금강석 같은 강도를 지닌다.

약은

마마의 육십 평생으로는 가도 가도 닿지 않는다는 깊은
산 속

또는

세월의 끝
가장자리
시효
끝난 아크릴
불빛   ─「약 또는 藥」 전문

위의 시「약 또는 藥」은 생략과 함축의 극단을 보여주고 있다. 한글 표기 '약'과 한자 표기 '藥' 사이에 내재하는 미묘한 차이가 단지 음상의 편차만이 아니라 의미나 정서에까지 미치고 있음을 이 시의 작자는 나타내 보여주고 있다.

이 시의 제1행은 '약은'으로 되어 있다. '약은'이 제1행이면서 그것만으로 제1연이 되어 있다. 거두절미 돌발적으로 제시된 '약은'은 그 뒷부분을 이어갈 어떤 통사도 배제된 채 방치되어 있는 형국이

다. 다만, 제1행 제1연과 제2연의 행간이 '약'과 '마마의 육십 평생' 사이의 험난함으로 점철된 마마의 생애를 유추할 수 있게 배려되어 있다. 그리고, "마마의 육십 평생으로는 가도 가도 닿지 않는다는 깊은 / 산 속"을 통해 그 생애의 실체에 접근할 수 있게 해 준다.

그리고, 3연 "또는 / 세월의 끝 / 가장자리 / 시효 / 끝난 아크릴 / 불빛"을 통해 험난하였던 생애가 종료된 지금 '약'은 더 이상 의미를 가지고 있지 않음을 나타내 보여주고 있다. 육십 평생의 생애를 바쳐 추적한 '약'이지만 그것은 마마가 죽음으로써 시효를 넘긴 한낱 아크릴 불빛으로 가두(街頭)에 내 걸려 있다(여기서 '약'은 가두에서 흔히 볼 수 있는 약국의 야간 간판 '약'을 뜻하는 것으로 보인다). "시효 / 끝난 아크릴 / 불빛"은 또한 마마의 죽음의 냉엄한 사실을 환기하는 것이기도 하다. '약'으로 점철된 한 생애가 '시효 지난 아크릴 불빛'처럼 소멸되었음을 새삼 환기시켜 보여주고 있다. 권명옥이 이처럼 철저한 배제 또는 절제를 통해 어머니의 생애를 '낯설게' 변형시키고 있으며, 결과적으로 그런 어머니의 생애를 전경화시켜 주고 있다.

3.

인간 의식의 근원을 무의식과 연관 지으면서, 쉼 없이 의식과 소통하는 그림자(shadow)에 주목한 것이 칼 구스타브 융이었다. 융은 그림자가 인간의 의식과 행동을 근원에서 연관짓는 지배소가 된다는 점을 지적한 바 있다. 융은 자기 자신의 무의식과 수많은 사람들의 심리분석 작업을 통해서 얻은 방대한 경험 자료를 토대로, 무의식 너머에 의식의 뿌리이며 정신활동의 원천이고 인류 보편의 원초적 행동 유형인 많은 원형들로 이루어진 집단적 무식의 층이 있음을 밝혔다. 우리는 외부로부터의 다양한 체험들이 무의식 속에 그림자를 드리우며, 그렇게 드리워진 그림자가 이미지나 상징의 형태로 시속에 나타나고 있음을 알고 있다. 심리비평의 방법들이 그런 이론에 근거하고 있음은 물론이다.

권명옥의 시에 드리워지고 있는 그림자는 그의 유소년기와 깊은 연관을 맺고 있는 것으로 보인다. 그의 시가 그의 유소년기와 깊은 연계성을 지니는 까닭은 그가 성년이 되어 맞이해야 했던 실제 현실과의 응전을 감내할 수 없었기 때문인 것으로 보인다. 그는 현실이 지니는 무잡성이나 폭력성 속으로 나아가 자기를 세우는 일에 익숙하지 못한 것으로 보인다.

개인의 자아는 현실과의 힘든 응전을 감내하면서 무질서의 혼돈 속에 자기 질서를 확립하기 위하여 지속적인 노력을 기울이지 않으면 안 된다. 현실과의 벅찬 응전 속에서 자아의 성장을 획득해야 하는 것이고, 그렇게 획득된 성숙의 자아를 통해 인간적 성취를 구현하려 한다. 그러나, 그런 자아가 견고하거나 강건함으로 뒷받침되지 못할 때엔, 자신을 펼칠 수 있는 유연한 공간을 마련할 수밖에 없다. 연약한 자아가 자신을 펼칠 수 있는 유연한 공간이란 과거의 공간이다.

> 어느 꽃물 밝게 드는 아침나절 유월 언덕에 기대어
> 한때는
> 하시는 당당한 푸르름인 어머니는
> 끝없이 눈물을 머금은 눈웃음을 지으리.
> 한때는
> 하시는 당당한 푸르름인 어머니는
> 그제도 우리들의 머리 속절없이 쓰다듬으며

오냐, 오냐, 내 새끼들 내 새끼들 하시리.

어느 꽃물 화안히 드는 아침나절 유월 언덕에 기대어 또다시 한때는

하시는 당당한 푸르름인 어머니의 香氣에 풍당풍당 뛰어들어 우리는

해 종일 멱 감으며

엄마엄마엄마엄마

당당한 푸르름인 어머니의

옆구리를 가슴을 배를 어깨를

이쁜 두 주먹으로 마구 콩콩콩콩 콩콩콩콩 두들겨 패대면

한때는

하시는 당당한 푸르름인 어머니는 그제는

아야아야아야아야

마침내 눈웃음 깊이 감춘 世上에서 가장 밝은 눈물도

꺼내어 주리.

……꺼내어 주리.

自由도

浪漫도

순은빛 純粹도 음험한 안개에 거듭 지워지던

아아, 어머니의 한때는

어머니의 꿈인 純潔 지켜드리지 못한

어린 우리들의 아린 아픔이던

아아, 어머니의 한때는

—「스산한 저녁 우리들이 꾸는 꿈」 전문

이 시의 화자는 '당당한 푸르름'이었던 어머니의 품 안에서 유유자적하던 천진함의 유년을 회상해 보이고 있다. "어느 꽃물 화안히 드는 아침나절 유월 언덕에 기대어 또다시 / 한때는 / 하시는 당당한 푸르름인 어머니의 香臭에 퐁당퐁당 뛰어들어 우리는 / 해 종일 멱 감으며 / 엄마엄마엄마엄마"로 노래할 수 있는 천진함의 시간, 어머니가 든든한 지지가 되어 주던 시간을 노래해 보여준다. 그런데, 이 시가 구체화한 이런 난만의 시간은 이제는 지나가 버린 것이고, 스러져 버린 것들이다. "순은 빛 순수도 음험한 안개에 거듭 지워지던 / 아아, 어머니의 한 때"에서 그것을 알 수 있다. 권명옥의 모성은 이렇게 스러져 버렸거나 목이 쉬어 버린 것으로 형상화된다.

권명옥의 자아는 안온하고 따사로운 과거의 유소년 공간 속을 떠나지 않고 있으며, 그곳에서의 행복을 지속적으로 반추해 노래해 보인다. 권명옥이 그의 시를 통해서 보여주는 풍경들이 밝은 햇살 드는 '남향(南向)'인 까닭도 이 때문이다.

> 한 해 가을날
> 마마의 聖歌의 音痴의 계단이 더욱 가파르게 旋回하던
> 잎 다 진 강릉천주교회 本堂 마당 가 감나무 아래서
> 감 열매 그늘로 햇빛 가리고
> 재운
> 잠이여!　　　　　　　　　　　　　　　　—「南向·1」전문

> 南向
> 구유 같은 문간방 툇마루에
> 물 건너 本堂 개 짖는 소리랑 나랑

마마랑 마마의 어린 약대 한 마리 人줄로 가두고는 내 아버지
溟州 옛 따으로 나귀 타고 戶籍하러 가시는 날의
햇빛이여 !　　　　　　　　　　　　　　　　　─「南向·2」 전문

천사들이 내려와 번갈아 내 이마에
손을 얹을 때
한번씩 저희끼리 자리물림 눈웃음을 건넬 때
부끄러워
내 돌아누워
문풍지 우는 해 비낀 완자창에 자꾸 약대를
불러모을 때

이제도 물 건너오는 本堂 종소리 따라

마마가
江陵方言으로,
기도 드리는
동안

내 아직 어린 身恙과 다정했을
동안　　　　　　　　　　　　　　　　　　─「南向·4」 전문

　위의 시 「南向·1」 「南向·2」 「南向·4」에서 시인은 맑고 밝은
날을 노래해 보여준다. 그런데, 권명옥의 '남향'은 모성 컴플렉스와
깊은 연관을 지니는 것으로 보인다. 권명옥의 모성은 늘상 신병을

거느리고 있으며[권명옥은 앓는 어머니의 신병을 '신양(身恙)'이라는 말로 표현한다], 강릉 방언에다 음치 소리로 성가(聖歌)를 부르고도 있다. 권명옥은 카톨릭에 귀의해 신양을 다스리던 어머니에게서 상당한 삶의 진정성을 찾아내고 있으며 그런 모성과의 유대를 지속적으로 확인하고 싶어한다. 실제로는 권명옥은 가톨릭 신자가 아니다. 그런데도 그의 시에는 많은 카톨릭 모티프들이 등장하고 있다. 아마도 그가 상당수의 시를 통해서 카톨릭 모티프를 등장시키고 있는 것은 카톨릭에 의지한 어머니의 만년에서 연유되고 있는 것일 것이다.

권명옥은 늘 신양 중에 있는 그의 어머니를 통해서 삶의 든든한 지지를 획득한다.(반면 그의 아버지는 항상 화자의 심리 밖의 거리에 놓여 있다)「南向·2」가 노래해 보여주는 햇살 드는 시절(남향)은 어머니가 출산하던 때의 기억을 상상의 축으로 하고 있다. 삶의 터전인 "구유 같은 문간 방 툇마루"는 아마도 성당과 지근거리에 있는 것으로 보인다.(아마, 성당 본당과 구유 같은 문간 방 툇마루의 거리 이것은 심리적인 거리일 것이다). 이 시의 화자 역시 유년 속으로 퇴행되어 있다. 따라서 어머니를 부르는 호칭도 유아어인 '마마'로 되어 있다. 어머니의 출산으로 집 앞에 인줄이 쳐지고, 아버지는 출산아를 호적에 올리기 위해 나귀를 타고 떠난다.

「南向·4」에서 시적 화자는 몸이 아파 병상에 누웠을 때의 기억을 그리고 있다. 강릉 방언으로 드리는 어머니의 기도소리(언젠가 권명옥은 강릉 사투리가 이 세상에서 가장 촌스러운 방언이라고 말한 적이 있다)가 들리고, 열에 들뜬 머리를 짚어주는 천사들의 손길이 느껴지는 그런 시간인 것이다. "천사들이 내려와 번갈아 내 이마에 / 손을 얹을 때 / 한번씩 저희끼리 자리물림 눈웃음을 건넬 때 /

부끄러워 / 내 돌아누워 문풍지 우는 해 비낀 완자창에 자꾸 약대를 / 불러모을 때" 아직 어리고, 그래서 '신양'과도 다정했던 때의 모습을 그리고 있는 것이다. "해 비낀 완자창에 자꾸 약대를 불러모으"는 환상도 그래서 아름다움이 된다. '약대'는 '낙타'를 이르는 말이지만, 이것은 또한 성서적 표기 방식이기도 하다. 해가 설핏한 창 쪽으로 돌아누워 '약대'를 불러모으고 있는 심리의 표출이 여실하다. 시인의 시선이 머무는 공간은 유년의 기억 속이고, 그런 기억이 성년인 화자의 '남향'이 되고 있는 것이다.

권명옥의 시에는 몇 개의 공간이 등장하고 있으며, 그의 공간들이 반복되어 쓰이면서 시적 상징으로 자리 잡고 있다. 권명옥이 그가 성인이 되어 질곡의 현실 속으로 던져지기 이전, 문학적 순수와 열정 속에 머물던 공간들이 그런 곳들이다. 권명옥의 시에 등장해서 지배적 이미지로 자리잡게 되고 하나의 상징이 된 공간들은 구체적으로 '오류동'과 '강릉'이다.

권명옥의 시에 주요 모티프로 등장해서 상징으로 구체화된 대표적인 공간이 곧 '오류동'이다. 1960년대 초 '오류동'은 경기도 부평군 소사읍 오류리에서 서울시 영등포구 오류동으로 편입된 지 얼마 되지 않는 변두리 마을이었다. 서울 복판과 연결되는 교통 편이라야 한 시간 간격으로 드물게 다니던 시내버스와 역시 하루 몇 번뿐인 기차 편이 전부였던 한적한 곳이었었다. 권명옥이 '오류동'을 드나들게 된 것은 순전히 내가 거기에 살고 있었기 때문이었다. 여기서 '나'라고 하는 것은 물론 지금의 '나'(이건청)이다.

그와 나는 1961년 봄, 스산하기 이를 데 없던 어느 문학 강의실에서 만났었다. 대학입학 후 모든 것이 시들하고 같잖은 것들뿐이어서 강의실 책상에 삐딱하게 걸터앉아 있던 나에게 다가와서 처음으로 말을 건넨 것이 권명옥이었다. 그는 강릉상고 인문과를 졸업하고 문학 콩쿠르 입상 경력도 제법 지닌 문학도였고, 나는 서울의 양정고등학교를 졸업한 풋내기 문학도였다. 그가 내게 다가와 건넨 말이 '집이 서울이냐? 시를 쓰느냐?' (아니면 소설을 쓰느냐고 묻는 의미였을 터이다)는 것이었다. 몇 마디 수인사를 건네면서 받은 그의 인상은 간단하지 않은, 무언가 단단한 깊이를 지닌 맞수로구나 하는 것이었다.

그리고, 그와 나는 그림자처럼 붙어 다니면서 시를, 문학론을 논하는 담론의 짝이 되었다. 미아리 산비탈에 있던 그의 하숙방이며, 청계천 헌책방이며, 1960년대초 서울시내 동시상영 영화관을 채우고 있던 엘리아 카잔 감독의 필름들이며, 서울의 한 변두리인 '오류동'이며 그런 곳들이 우리가 시에의 순정과 열정으로 밤을 하얗게 새우곤 하던 습작 터가 되었다. 매월 간행되어 나오는 문예지의 작품들이 술판에서 난도질이 되었으며, 문학사의 그것마저도 일일이 뒤집어 놓고서야 직성이 풀리곤 하였다. '오류동'은 그런 순정과 열정, 좌절과 허무가 점철되어 있는 이십대 초반, 문학 청년기의 상징 공간이다. 물론 '오류동'은 권명옥과 이건청 두 사람의 개인적 추억으로 뜻 매겨진 추억 공간이었지만, 권명옥은 1974년, 그러니까 십여 년의 시간이 지난 후 개인적 추억 공간 '오류동'을 좌절과 고뇌를 뚫고 존재의 근원을 투시해 내는 시적 상징 공간으로서의 '오류동'을 구조화해 보여주는 탁월한 성과에 도달하였다. 그러니까, 권명옥의 시 「梧柳洞 · 1」「梧柳洞 · 2」「梧柳洞 · 3」의 시편들은 실재하는 '오류동'과는 별개의 것으로 한 개인이 창출해낸 의미 공간인 셈이다.

잠 깨는 이의 귀 가까이 주일 아침은

놀람의 종을 쳐울리어

울리어

나사로야,

나사로야,

나사로야,

숨어서 부른 이는

숨고

세상은 흰 눈에

흰 잠이 들어

나 홀로 깨어 고향의 아버님께 긴 편지를

쓴다.
                                    ─「梧柳洞·1」 전문

　위의 시가 보여주는 풍경은 퍽 평화로운 것으로 되어 있다. 이 시의 화자는 아침이 밝고 교회당 종소리가 울려 퍼지는 시각, 이제 잠자리에서 깨어나고 있다. 그리고, 주일 아침이 교회당 종을 '쳐 울리'고 있으며, 그 종소리는 이 평화로운 잠자리의 화자에게 '놀람의 종'이 되어 울린다. 그리고, 또한 그 '놀람의 종소리'는 '나사로'를 부르는 하느님의 음성으로 전이된다. 잠자리에서 화자가 듣는 하느님의 음성은 반복해서 '나사로'를 부르고 있는 것이다. 주지하는 대로 성경 속의 나사로는 예수의 부름에 의해 무덤 속에서 부활한 사람이다. 그러니까 예수는 나사로를 향해 이적을 행한 것이고, 나사로는 예수의 전능한 힘에 의해 죽음에서 부활할 수 있었던 것이다.

　권명옥이 위의 시에서 '숨어서 부르는 신'의 음성을 "나사로야, / 나사로야, / 나사로야"로 읽어내고 있는 것은 자신을 나사로로 치환함으로써, 자신을 무덤 속의 나사로와 같이 죽음의 상황 속에 누운 것으로 파악해내고 있음을 알 수 있다. 그런데, 이 시의 화자가 처해 있는 죽음의 상황은 전혀 절망적이지 않다. 성경 이사야 45장의 '숨어 계신 하나님'은 우리가 환난 중일 때 정작 숨어 계시는 원망스러움의 대상이기도 하지만, 현전(現前) 부재의 형식으로 계시는 성(聖)의 존재이기도 한 것이다. 이 시의 화자가 평화로운 마음을 유지하는 것은 그러니까 하느님의 존재를 의심하지 않고 있기 때문이기도 하다. 이 시의 화자는 지금 부활의 아침을 맞이하고 있으며, 하느님의 부름을 통해 호명되고 있기 때문이다. 따라서, 이 시의 화자는 이 아침, 숨어서 부른 하느님의 호명에 의해 부활이 예비되어 있는 것이다.

이 시의 화자는 '흰 눈에 덮여 흰 잠'이 들어 있는, 온통 새하얀 세상에 홀로 깨어나 고향의 아버지에게 긴 편지를 쓰는 것으로 되어 있다. 즉, 되살아남의 인간 나사로로 치환된 화자가 '고향'을 환기하면서 '아버님'께 긴 편지를 쓴다. 말할 필요도 없이 현실에서의 '아버님'이 피의 근원이며, 피의 근원인 아버지에게 쓰는 긴 편지란 위태로운 자아가 든든한 지지를 획득하는 것에 다름이 아니듯이, 신앙인(이 작품의 화자는 독실한 신앙인으로 설정되었다고 할 수 있다)에게 '고향' 또는 '아버지'는 단순히 현실적 또는 혈연적인 그것이 아니다.

그러므로 권명옥의 시에서 우리가 주목해 볼 것은 그의 시가 성서적 상상력에 깊이 뿌리를 대고 있다는 점이다. 권명옥이 「梧柳洞·1」에서 자신을 죽은 나사로의 이미지로 치환하고 있고, 깨어나서 아버지를 찾게 되는 것은 고향으로부터 천리 밖 변방에 나와 있다는 현실적 자아인식일 수도 있지만, 죽음으로부터 부활한 나사로의 하느님('숨어 계신 하나님')에 대한 감응이기도 한 것이다. 그의 시에서 우리가 강릉천주교회나 골롬바노 성전, 본당(本堂) 개, 성가(聖歌), 포도나무, 구유, 신들메 등과 같은 숱한 성서적 모티프들과 만날 수 있는 것은 이 때문이다.

聖地 배론은
여름 저녁 나절 감나무 서늘한 그늘 아래 앉으신
이제 스물을 갓 넘긴 애띤 슬픈 여인
무릎에
壯年한 늙은 아들의 屍身을 안아 누이시고 하염없이 또

사(赦)하시다.　　　　　　　　　　　　　　　—「배론」전문

　작품 「배론」에서는 권명옥이 즐겨 노래해 온, 카톨릭 성당 경내와 감나무의 접목 이미지를 다시 확인할 수 있다. 그의 '골롬바노네'나 '강릉천주교회'는 언제나 감나무 이미저리를 동반한다. 감나무 그늘의 흰 성모 조각상과 아들 예수의 죽음은 실상 별개의 공간에 각각으로 존재하지만, 이것을 통합된 하나로 연결시켜 놓고 있다. 이 시는 "갓 스물을 넘긴 애띤 슬픈 여인" 성모가 늙은 장년한 아들 시신을 안고서 끝없이 세상을 향해 사(赦)하고 있는 이미지, 이것이 곧 시인이 성지 배론으로부터 받은 이미지인 셈이다.

　작품 「宇宙葬 副葬品目」에서는 시인이 지상을 떠나 우주 속으로 사라질 때 마지막으로 챙겨 가야 할 품목으로서 '골롬바노네 안방 불빛'을 적고 있다. 잘 아는 대로 '부장(副葬)'이란 옛날에 왕이나 귀족이 죽었을 때 무덤에 함께 묻어 주던, 그 사람이 생전에 아끼던

패물이나 집기를 가리키는 말이다.

　　봄밤 개구리

　　깨우는

골롬바노네 안방 불빛　　　　　—「宇宙葬 副葬品目」전문

　시인은 자신의 우주장(宇宙葬) 부장품으로 단 한 가지, '골롬바노
네 안방 불빛'을 제안하고 있다. 어느 해 봄밤 세상의 개구리들을
일제히 깨어나 울게 했던 골롬바노네(강릉천주교회) 안방 불빛은
그(권명옥)가 생애 중 체험했던 가장 평화로운 시간이었음을 새삼
확인하고 그것을 노래하고 있는 것이다. 골롬바노가 강릉천주교회
건물(성전)에 부여한 카톨릭 성인 이름이라고 그(권명옥)가 설명한
적이 있다. 언젠가 지상을 떠나 우주 속 티끌로 사라질 때 시인이 마
지막으로 지니고 동행하고 싶어한 것, 그것이 자신의 카톨릭 신앙
체험의 상징적 이미저리이기도 한 '골롬바노네 안방 불빛'이라고
노래한 것이다.

　'오류동'과 더불어 권명옥 시의 핵심 공간으로 의미화되어 있는
또 하나의 공간이 '강릉'이다. 강릉은 그의 고향을 포괄하는 너른
개념이고 구체적으로는 '강릉천주교회'로 제시된다. 권명옥은 '강
릉천주교회'라는 특정 공간에 그의 시가 지니는 상당한 무게를 담
아내고 있다. 이 시인이 '강릉천주교회'라는 특정 공간에 강한 집착
을 보이는 것은, 이 공간이 그의 무의식에 크고 짙은 그림자를 드리
우고 있음을 반증한다 하겠는데, 권명옥에게 있어서 '강릉천주교
회'가 지니는 함의는 무엇일까.

　권명옥이 그의 시에서 노래하고 있는 성당은 늘, '본당(本堂)'이

고 그 '본당'은 '물 건너 쪽'에 있는 것으로 되어 있다. 그곳에서는 그의 어머니가 몸이 아픈 채 '신양'을 겪고 있으면서 '음치'인 목소리로 기도를 올리거나 성가를 부르고 있다. 어머니의 '강릉 방언'이 떠나지 않고 선회하고 있는 그곳이 '강릉천주교회'이고 권명옥은 그곳에서 골롬바나 도마신부 같은 인물들과 상상 속에서 조우하며, 때로는 '창녀 유자'와 같은 인물들과도 만난다.

권명옥의 어머니가 늘상 신양 중에 있고 목이 쉬어 있거나 음치이며 촌스러운 강릉 방언으로 의미화 되어 있는 것과 마찬가지로 '강릉천주교회' 또한 전능한 구원을 시현해 주는 권위의 공간이 아니다. 그러니까 그의 시에서의 '어머니'와 '강릉천주교회'는 동일한 의미로 상호 치환될 수 있는 성질의 것일 수도 있다.

연약한 시적 자아가 온 가슴으로 귀의해서 든든한 지지를 얻어내는 곳이 모성의 품 안일 텐데, 그의 어머니는 항상 몸이 아프다. 전적으로 구원의 상징이어야 할 '강릉천주교회'도 흐린 흔적으로 존재할 뿐이다. '강릉천주교회'의 현판도 온전한 것이 아니라 '회'자의 'ㅎ'만이 대롱 대롱 '대문 기둥마다' 붙어 있을 뿐이다.

> 초저녁 이 골목 안은 사람 그림자 하나 얼씬 않습니다
> 그나 저나, 집이라는 집이 어찌 다 강릉천주교회일 수
> 가 있습니까 대문 기둥마다 볼록볼록 「강릉천주교ㅎ」
> 의 흰 글씨가 또렷이 돋아나 보입니다 나는 「강릉천주
> 교ㅎ」의 「회」字의 「ㅎ」만 대롱대롱 매달린 어둠에 키
> 를 맞추고 서서 아버지, 아버지, 아버지, 아버지를 부
> 릅니다 아무 대답이 없습니다 나는 또 다음 강릉천주
> 교회로, 다음 강릉천주교회로, 다음 강릉천주교회로

가서 「강릉천주교ㅎ」의 「회」字의 「ㅎ」만 대롱대롱
매달린 어둠에 키를 맞춥니다 나는 또 아버지, 아버
지, 아버지, 아버지를 부르고, 또 아버지를 부르고,
또 아버지를 부릅니다 아무 대답이 없읍니다 나는
그렇게 아버지를 부르며 이 골목을 거의 다 지나옵니
다 그런데, 또 집이라는 집이 다 강릉천주교회가 된
강릉천주교회라는 강릉천주교회가 또 어찌 다 엄동의
들판 감나무일 수가 있읍니까 까마귀밥 감 하나 남겨
두지 않은 엄동의 들판 까마득한 감나무일 수가 있읍
니까 나는 그만 혼절하여 땅에 주저앉습니다 아아, 그
런데 아무개야, 아무개야, 아무개야, 이 부르는 소리는
또 무엇입니까 나는 놀라서 하늘을 살핍니다 집이라는
집이 다 강릉천주교회가 된 강릉천주교회라는 강릉천
주교회가 다 감나무가 된 감나무라는 감나무가 다 떠
나가고 있읍니다 까마귀밥 감 하나 남겨두지 않은 엄
동설한 들판의 감나무 가지 까마득한 끝에 잠자氏처럼
매달려 아무개야, 아무개야, 아무개야, 부르는 아버지
가 風景을 데리고 風景째 떠나가고 있읍니다
　　　　　　　　　　　　　　　　　　　—「風景」 전문

　'강릉천주교회'는 개인적 상징이다. 권명옥은 특정 교회를 지칭
하는 '강릉천주교회'를 그의 심리적 지지처로 상정하고 있으면서,
그것의 실체를 확인하려 하고 있다. 그러나, 그가 확인하고자 하는
'강릉천주교회'는 파멸되어 있으며 구체적 정처도 확인할 수 없는
것으로 노래되고 있다. 이 시의 화자는 지금 '사람 그림자 하나 얼

씬 않는' 초저녁의 골목에서 '강릉천주교회'를 찾으려 하고 있다. 그곳에 '아버지'가 계시기 때문이다. 그러나, 그가 찾으려는 그곳은 그냥 개념으로 존재할 뿐이다. 실체가 없으며 개념으로만 떠올려지는 곳, 그곳은 파멸되어 실체가 소진되어 버리고 없다. 그래서 이 시의 화자는 집이란 집들을 모두 스쳐 지나가면서 대문 기둥마다 볼록볼록 흰 글씨로 나타나는 '강릉천주교ㅎ'이라는 글씨와 만난다.

그러니까, 이 시의 화자의 '강릉천주교회' 찾기는 끝없는 미로를 헤맬 뿐이며, 'ㅎ'만 매달린 어둠 속에서 계속해 '아버지'를 부르면서 어둠 속 배회를 계속할 수밖에 없다. 앞(「梧柳洞·1」)에서 우리는 신앙인에게 있어 '고향'과 '아버지'의 의미는 현실적 공간으로서의 '고향', 혈연적 뿌리로서의 '아버지'의 의미를 넘어서는 보다 근원적인 의미가 함의된다는 것을 확인할 수 있었다. 화자가 어둠 속에서 강릉천주교회라는 구원의 상징적 장소를 찾아 나서는 것이나, 아버지를 부르고 찾는 이미저리는 놀랍다고 할 수 있다. 그런데, 이 시의 화자를 진정으로 절망케 하는 것은 '강릉천주교ㅎ'라는 파멸의 문패를 단 집이란 집들이 온전한 '강릉천주교회'가 되었다 할지라도 까마귀 밥 감 하나 건넬 수 없다는 자각이다. 그가 찾아 헤매는 그곳이 엄동의 들판에 서서 까마귀에게 나머지 감 하나 건네는 감나무에도 이를 수 없다는 자각은 이 시를 매우 처절한 각성으로 이끌어낸다.

이 시의 화자가 미로 속에서 애타게 찾고 있는 '아버지'는 감나무 끝에 '잠자씨'처럼 매달려 풍경째 떠나가고 있다. '잠자씨'는 프란츠 카프카의 '그레고리 잠자'의 '잠자'일 것이다. 소외와 부조리 속의 인물 '잠자'와 '아버지'를 연결함으로써 이 시의 내포를 확산시키고 있다. '강릉'은 권명옥의 고향을 나타내는 지명이다. 구체적으로는 강원도 명주군 연곡면 퇴곡리가 그가 태어나 유년을 보낸 산골마을 고향이다. 그러나, 권명옥은 '강릉'에서 시를 만나고, 시 때문에 앓았으며, 위대한 문학의 자양이 담긴 서책들을 만났다. 그곳에서 철이 들고, 이성에 대한 그리움에 눈이 떠지기도 했으며, 허망한 존재의 근원을 확인하고, 방황의 길을 걷기도 한 것으로 보인다.

권명옥은 그런 '강릉'을 벗어나 서울 길에 오르고 고향으로부터의 탈출을 시도하지만 결국 다시 강릉으로 돌아가 한때 모교인 강릉상업고등학교 국어교사로 자리를 잡기도 했었다, 그가 고향에 머물렀던 칠 년간〔권명옥은 등단 소감에 "시골에서의 칠 년간, 나는 시작(詩作) 따위에 매달리지 않았다"고 적었었다〕은 채울 수 없는 목마름의 시간이었던 것으로 보여진다.

4.

권명옥의 시가 선택한 주요 모티프 중의 하나로 '박남수(朴南秀)'가 있다. 주지하는 바와 같이 시인 박남수는 『문장』지를 통해 한국시에 등장한 시인이다. 권명옥과 박남수 시인의 만남은 한양대학교 강의실에서였다. 그때 박남수는 한양대학교 국문학과에서 시간강사로 강단에 섰었고, 문학특강, 수필론과 희곡론 같은 강좌를 맡았었던 것으로 안다.

견고한 언어와 명징한 이미지를 강조한 박남수의 강의를 들으면서 권명옥은 단번에 선생에게 이끌리게 되었고, 그의 강의뿐만 아니라 박남수의 인간과 품성에도 깊은 매력을 느꼈던 것으로 보인다. 그때 한양대에 박목월(朴木月) 선생이 전임교수로 있었지만 권명옥은 박목월 선생보다도 박남수 선생을 흠모해 마지않았고, 습작품을 들고 찾아가는 것도 박남수 시인에게였다. 권명옥에게 있어서 시인 박남수는 일반적인 의미의 스승 이상의 존재였으며, 자신의 시가 지향해야 할 향방을 스스로 깨우쳐 가는 반면교사이기도 했었다.

내 꿈 꾼 말씀
오난처럼 홀로이 야윔이여,
서울에는 老人이 한 분이 살지 않아라.
해 아래
내내 절하지 않는 날 !　　　　　　　　　―「朴南秀 생각 · 1」 전문

거 누구요,
거 누구요,
거 누구요,
혼자 변방에 깨어 별
밟는 이
따엔 蠹 찬 어둠,
어디서 새벽 닭이 우는 듯
우는
호루루기 한 마리　　　　　　　　　―「朴南秀 생각 · 2」 전문

오늘이 또 어느날이노라면,

어느 눈 그치는 이 저녁이
會賢洞 고갯길 따라 오르며
지금은 가고 없는 노인을 생각하잔다.

그인 안 보이고
다만 飛行雲 같은 어제 간 길 소리
푸른 푸름이 되어 드널리 널리지 않냐고,

이 세상의
어떤 길은 발길 한번 쏘이면
푸르름이 되노라고,

눈발 그치는
어느 雪晴 날 이 저녁이
會賢洞 샛길 따라 오르며
지금은 가고 없는 노인을 생각하잔다.
　　　　　　　　　　　　　—「푸르름—朴南秀 생각·3」 전문

　위의 시는 시적 상징으로서의 박남수를 대상화해 노래해 보여주
고 있다. 인생의 어떤 한 길을 앞서서 걸어가는 '분'으로서의 상
(像)을 박남수에게 투사함으로써 시적 내포를 심화하고 있는 것이
다. 위의 시편들은 떠나고 없는 박남수의 빈자리를 인식해내고 있
다. "서울에는 노인 한 분이 살지 않아라"가 그것이다. 다시 말해 이
시의 작자에게는 박남수의 실재가 삶의 의미를 테두리짓는 하나의
틀이 되고 있는 것이다. '박남수가 살고 있는 서울'과 '박남수가 살
고 있지 않은 서울'이 주는 차이는 권명옥에게는 엄청난 것일 수 있
다. 그(박남수)가 있지 않은 서울은 그래서 "해 아래 / 내내 절하지
않는 날!"이 된다.
　'내 꿈 꾼 말씀'으로서의 박남수, 그는 "혼자 변방에 깨어 별 / 밟

는 이"이며 그가 밟고 간 길 흰 비행운(飛行雲)의 길은 풀어져 '푸르름'으로 소멸되어 화자의 현전에서 사라지고 만 길임을 노래한다. 그러니까, 권명옥의 시 「朴南秀 생각」의 시편들은 자연인 박남수를 통해 경건한 시의 길을 정신에로 연결하면서 시적 삶의 궁극에 닿고 있는 것이다.

5.

권명옥 시의 주요한 일부를 이루고 있는 것이 부끄러움의 정서이다. 그의 시의 화자는 늘 하숙에 머물고 있을 뿐, 정처가 없다. 그렇기 때문에 권명옥의 화자는 변방을 헤매거나 소외의 자리에 놓여 있게 마련이다.

> 새로 이사한 瀝靑工場 뒤
> 돌山 기슭,
> 그 무렵은 언제나 문 밖에 누가
> 찾아 온 것 같았다.
>
> 해 안 드는 구유같은 문간방에서
> 웃목 사람은 몸을
> 푼다고,
>
> 혹시나 하고 나가 보면
> 그때마다 누가 해울림 속으로 흑염소 여러 마리를 앞세우고
> 가곤 하였다

저녁 놀 속으로 속으로 하염없이
걸어 들어가고 있었다   ―「흑염소」 전문

내 下宿은
그 여름 저녁 강릉사람들이
師團이라 부른
강릉시 교동 183번지 일대
자고나면 뜨락까지 물안개처럼
피어 번지던 개망초풀꽃
그 풀꽃더미에 가 請한
낮잠이기도 했지만

그 여름 저녁 강릉사람들이 또
철도관사라 부른
강릉시 교동 183번지 일대
관사 뒤편 민둥산 언덕에 올라 듣던
강릉여고생들의 '에덴의 東쪽'
그 트럼펫曲 실어나르는
바람결이기도 했지만

하지만 그 여름 저녁 내 진짜 下宿은
강릉시 금학동 觀音寺 뒤
줄장미 피운 연두색 대문의 劉子네 불빛
혹은
잎이 큰 담쟁이넝쿨에 싸인 劉子 방 그리움

빤히 보인
어느 처마 밑이였네.

劉子 방 불빛 바라기 세월,
한번은 내 뒷머리를 아주 가차이서 때려
절반 昏絶시키던
觀音寺 큰鍾소리
혹은
그때 시름시름 깨며 듣던 觀音寺의
풍경소리였네
그 여름
내 下宿은   ―「내 下宿은」 전문

　권명옥은 자주 세상을 향해 돌아앉은 자 또는 내성적 묵상적 화자
들을 통해 시인 자신을 표명해 온 시인이다. 다 아는 대로 화자란 시
인이 자신을 표명하기 위해서 만들어 사용하는 '탈'이다. 시인은 이
'탈'과의 동일성을 추구함으로써 '탈'과 자아를 일치시키려 한다.
위에 인용된 시의 화자들은 모두가 내성적 묵상적이며, 자기표현을
자제하고 있는 사람들이다. 권명옥이 내세운 화자들이 이런 묵상적
성격들로 설정되고 있는 것은 그의 자아의 현실 응전 양상의 일단을
보여주는 것이 된다.
　위의 시 「흑염소」의 화자는 '돌산 기슭' 후미진 곳에 이사해 살면
서 '문밖에 누가 찾아온 것' 같은 생각, 그러니까 어떤 환각 같은 생
각을 지니고 사는 사람이다. 소외의 장소인 변두리로 이사해 삶을
살아가는 동안 어떤 구원에 대한 대망(待望) 속에 있는 것으로 볼 수

있다. 늘상 누군가 찾아올 것 같은 기다림에서 문을 열어 놓고 있는 것이다. 그런데, 이 시의 화자가 기거하고 있는 해 안 드는 문간방 윗목 사람은 "몸을 / 푼다고" 한다. '윗목 사람'은 해산(解産)을 앞둔 시인의 아내일까, 아니면 타자화된 자신일까. '역청공장 뒤'의 돌산 기슭, '해 안 드는 구유 같은 문간방'으로 왜소화되고 축소된 시적 자아가 '몸을 푸는 사람'과 '흑염소'의 연관을 통해 내성적 묵상적 자아를 드러내 보여주고 있음을 알 수 있다.

그리고 '구유'와 '해산 / 탄생'이 맞물리는 이미지란 곧 성서적 상상력이다.(아기 예수는 베들레헴의 한 마굿간 구유에서 탄생한다) 혹시나 하고 나가 보면 '그때마다' 누가 흑염소 여러 마리를 끌고 가는 모습을 목도하는 것이 고작이었노라고 진술되어 있다. 어떤 허망한 대망론(待望論)이라 할 것이다. 화자가 느끼는 소외와 비애, 허탈의 느낌은 "저녁 놀 속으로 속으로 하염없이 / 걸어 들어가고 있었다"는 진술을 통해 형상화되어 있다. '저녁 놀'의 종말감과 '걸어 들어가고 있었다'에서 환기되는 사라짐의 영상이 잔상으로 남아 감동이 된다. 비극적 운명에 순명하는 '흑염소'의 비애가 묵상적인 화자의 정서를 잘 드러내 보여주고 있다.

작품 「내 下宿은」에서 노래되고 있는 것도 적막한 변방의 삶이나 쉬 사라지는 것들, 허망한 것들에 삶의 본거지, 곧 하숙을 정하고 살았노라는 진술이다. 다시 말해 풀꽃 더미에서의 낮잠이거나 또는 '바람결' '처마 밑' '풍경(소리)' 등이 한때 화자의 진정한 하숙이었고 생의 본거지였다는 진술인 것이다.

권명옥(權命玉)은 1941년 강릉 출생으로
강릉상고 인문과, 한양대학교 국문학과를 졸업하고
동 대학원에서 석·박사과정을 수학했다.(문학박사)
1974년 월간『심상(心象)』신인상으로 등단했으며,
이후 문교부 편수국 편수사, 강릉간호전문대 교수를
거쳐, 1991년 이후 현재 세명대학교 한국어문학과
교수로 재직하고 있다. 주요 연구논문으로는
「목월 초기시 연구」「목월 후기시 연구」
「미당시의 음악성」「시와 은유」등이 있으며,
김종삼 시에 관한 논문으로「추상성의 시학」
「김종삼의 단시 3편에 관한 연구」「은폐성의
정서와 시학」「적막의 미학」등이 있다.

南向
권명옥 시집

초판발행 ——— 2004년 12월 20일

발행인 ——— 李起雄

발행처 ——— 悅話堂
　　　　　　　경기도 파주시 교하읍 문발리 520-10 파주출판도시
　　　　　　　전화 (031)955-7000　팩시밀리 (031)955-7010
　　　　　　　http://www.youlhwadang.co.kr
　　　　　　　e-mail: yhdp@youlhwadang.co.kr

등록번호 ——— 제10-74호

등록일자 ——— 1971년 7월 2일

* 값은 뒤표지에 있습니다.

ISBN 89-301-0093-7

Published by Youlhwadang Publisher
ⓒ 2004 by Kwon, Myong-Ok
Printed in Korea